낮섦

낮
섦

/

이현숙
글·사진

팬덤북스

Budapest, Hungary

Corsica, France

무언가 두고 온 것 같았어.

귀걸이 한쪽을 잃어버렸거나
휴대폰을 두고 나왔거나
깜빡 잊고 사지 못한 립밤이나
방금 전에 사 놓고 잃어버린 공연 티켓 같은 것.
공들여 찍은 사진 파일이 몽땅 날아갔을 때.

왜 그런 거 있지.
여기 있어야 하는데
거기에 두고 온 그런 기분.

빵 굽는 냄새에 잠이 깨던 이른 아침 허기 같기도 하고
미치도록 아름다운 풍경 앞에서 보고 싶던 누군가 같기도 하고
혼자여도 외롭지 않다가 혼자여서 외로워 죽을 것 같은 기분.
도저히 삼킬 수 없던 에스프레소의 쓰디쓴 맛 같다고나 할까.
여행은 나에게 그런 것이었어.

어디로든 떠나야 돌아올 수 있고
돌아와야 다시 떠날 수 있다면
그게 어디든 가야 할 것 같았어.
그래 봐야 결국 지구라는 작은 행성 안에서의 일이지만.

준비하고
떠나고
머물다가
돌아와
다시 떠날 때까지를 추억하는 긴 시간.
이 모든 순간이 나에게는 여행이었어.

여행의 목적이 무엇이냐고 내게 물었지.
그런 게 어디 있어.
그냥 떠나는 거지.
왜 꼭 유럽만 가느냐고도 물었지.
이유가 어디 있겠어.

그냥 좋아서 가는 거지.
여행에 무슨 이유가 있어.
있다면 너무 많아서 다 말할 수 없는 거겠지.

- 이번에는 또 어디로 가?
- 파리.
- 또? 파리에 숨겨 둔 남자라도 있는 거야?

그래. 숨겨 두었지.
그게 남자라도 좋고
사 놓고 읽지 않은 책이라도 좋아.
어쩌면 내 지갑을 노리던 집시 소녀의 까만 눈동자,
써 놓고 미처 부치지 못한 편지일지도 모르지.
누군가를 따라 걷던 그림자일 수도 있고
빨랫줄에 널린 햇빛
비를 피해 들어간 작은 서점
코에 감기던 버터향

가만히 떨어지던 빗소리
멍하니 앉아 바라보던 석양이어도 좋겠지.

나만 아는 어느 곳에
무언가를 두고 온 것 같은 기분.
그리고 그 무언가가 그곳에서 나를
기다리고 있을 것 같은 느낌.

그것이 나를 여행으로 이끌었어.

Corsica, watercolor on paper, 12.5×18cm

낮선 / 하루

\#

신은 팔레트가 필요했던 거야.

Burano, Italy

그래서 이 섬을 엄지와 검지에 끼고
그림을 그렸던 거야.

Burano, Italy

\#

아무런 연고도
아는 사람도
하나 없는 낯선 땅.

일주일 동안은 출근하지 않아도 되고
눈치 보지 않아도 되는 땅.

로맨틱한 주황빛 가로등과
옹기종기 모여 있는 빨간 지붕,
창문마다 놓인 화분에
눈과 마음이 환해지던 땅.

길쭉한 바게트를 품에 안고 강변을 걸어 볼까.
길거리 악사의 아코디언 연주를 끝까지 들어 볼까.

커피 한 잔 시켜 세 시간을 앉아 있어도 눈치 주지 않고
흰 바지에 비친 속옷이 남우세스럽지 않고
미술관 앞에 오래 줄 서 있어도 지루하지 않은 땅.

Cesky Krumlov, Czech

하늘 색이 정말 하늘색이고
비 올 때 아름답고
비온 뒤는 더 아름다운 땅.

참견과 잔소리가 사라지고
너의 불평이 닫힌 땅.

어제와는 다른 시간이 새살처럼 돋아나는 곳
두렵지만 설레는 낯선 땅.

#

당신이 풍경을 보고 미소를 짓고 있다면
당신은 풍경을 보고 있는 것이 아니라
풍경의 미소를 보고 있는 것이다.

Venice, Italy

Corsica, France

\#

아름다운 것만 보려 하지 말고
아름답게 보는 눈을 가져 봐.

Corsica, France

\#

행복을 찾아 헤매지 마.
그냥 네 걸음대로 걸어.

행복이 너를 따라올 수 있게.

\#

여행하고 싶다면 봄이 좋다.
누군가 당신에게 장미꽃을 건넬지도 모르니까.
여행하고 싶다면 가을이 좋다.
낙엽 지는 벤치에서 엽서를 쓰고 싶어질 테니까.

여행하고 싶다면 사랑할 때가 좋다.
모든 것을 다 주어도 아깝지 않을 행복을 누릴 테니까.
여행하고 싶다면 이별한 뒤가 좋다.
'괜찮다, 괜찮다……' 풍경이 당신을 위로해 줄 테니까.

여행하고 싶다면 부자일 때가 좋다.
거리의 예술가에게 자비를 베풀 수 있으므로.
여행하고 싶다면 가난할 때가 좋다.
마음만은 부자임을 느낄 수 있으므로.

여행하고 싶다면 연인과 싸웠을 때가 좋다.
멀리 떨어져 있으면 미워하는 마음도 멀어질 테니까.
여행하고 싶다면 연인과 화해하고 싶을 때가 좋다.
여행 가자는 말로 사과를 대신할 수 있을 테니까.

여행하고 싶다면 젊었을 때가 좋다.
무엇을 하든 눈부실 테니.
여행하고 싶다면 나이 들었을 때가 좋다.
누구든 기꺼이 당신을 도와줄 테니까.

때와 목적지는 중요하지 않다.
지금 당신이 원한다면
그곳이 어디든.

Corsica, France

#

풍경이라는 말을 쪼개 보면
바람과 볕
바람이 불거나 볕이 드는 자리
그곳에서 자라난 시간이 아닐까.

여행은 풍경을 경유하는 것이라고 생각했어.
내 몸이 풍경을 지날 때
나는 바람의 소리를 듣고 볕의 질감을 느꼈어.
풍경도 내 몸을 지났지.
바람이 불듯
볕이 들듯.

여행지의 풍경들은 처음 보는 그림 전시회 같았어.
세상은 누군지 알 수 없는 예술가들이 그린
낯선 그림들로 가득했지.

그리고 나는 그 풍경들 속으로 뚜벅뚜벅 걸어 들어갔어.

Corsica, France

Rothenburg, Germany

\#

나는 길 위에서 길을 잃었고
길 밖에서 길을 찾았어.

바로 내가 길이었거든.

#

우울할 때는 지하도를 걸어 봐.

네 마음의 가장 깊은 바닥을 걷는 것처럼.

Budapest, Hungary

Rothenburg, Germany

#

여행은 밖의 풍경을 보는 게 아니야.
풍경은 내 안에 있어.

여행은 내 안의 풍경을 보는 일이야.

\#

영원한 것은 없어.

이 순간
이 거리
이 사람들

너와 뜨겁게 나누었던 사랑 또한.

Budapest, Hungary

\#

매일 아침 거실 창문을 열면 수평선 위로 해가 떠올랐어.
보이지 않는 저 너머에서 수천억 개도 넘는 빛의 무리들이
수평선을 넘어왔어.
바다는 끓는 물처럼 작열했고
금방이라도 뒤집힐 것만 같았어.
해가 솟아오른 뒤에도 쉽게 가라앉지 않았지.
햇빛은 구름의 호위를 받으며
하늘로, 바다로, 다시 수평선 너머로 나아갔어.

장엄하고 황홀한 이 순간,
잠에서 깨어난 나는 속수무책의 풍경 앞에서

아무것도
정말 아무것도
할 수 없었어.

Corsica, France

#
- 여행을 가려고 하는데, 어디 추천해 줄 만한 데 있어?
  어디가 제일 좋았어?

제일 좋았던 곳?
글쎄, 알려 줄 수 없어.
왜냐면 당신에게는 최악의 여행지가 될 수도 있으니까.
그러니 나한테 묻지 말고 당신 내면의 목소리를 들어 봐.

무엇을 보고 싶고
무엇을 하고 싶은지.
남들 가는 대로
남들 하는 대로
흉내만 내지 말고.

당신의 심장이 가리키는 길을 따라가면 목적지가 보일 거야.
정말 당신이 가고 싶은 곳, 당신의 가슴을 뛰게 하는 곳.
그 길이 낯설고 두렵더라도 막상 가 보면
흥미진진한 모험이 당신을 기다리고 있을 거야.

당신에게 남은 시간은
원하지 않는 것을 해도 될 만큼
그리 길지 않아.

Corsica, France

Paris, France

\#

옛날에 어떤 남자가 있었는데
허구한 날 밤낮없이 교회에 가서 기도를 했대.

'하느님, 복권에 당첨시켜 주소서. 제발!'

그러던 어느 날, 지켜보다 도저히 안 되겠다 싶으셨는지
하느님이 그의 앞에 나타나서 호통을 치셨대.

'인간아, 복권이나 사고 그런 소리를 해라. 제발!'

#

꿈 같은 여행을 하는 게 꿈이라고 했지?

그렇다면 꿈만 꾸지 말고 복권부터 사는 거야.

어디로든 떠날 수 있는 비행기 티켓말이야.

\#

맛있는 요리를 앞에 두고 칼로리를 계산한다면
그건 스스로를 감옥에 가두는 일이야.
다 먹고 나서 머리를 쥐어뜯으며 후회한다면
세상에서 가장 어리석은 자가 되는 거야.

그래,
나를 가두지 말자.
누구도 아닌 나를 위한 여행이잖아.

일단, 먹자!

Corsica, France

London, UK

#

'나는 발사믹을 파는 게 아니오.
맛의 천국을 분양하고 있는 중이오.'

그 말을 듣는 순간 사지 않을 수가 없었어.
그의 멋진 말 한마디에 넘어간 거지.

여행도 그런 게 아닐까.
이익과 합리를 따지지 않는
뭐 그런 것.

\#

줄리아 로버츠 주연의 영화 〈먹고 기도하고 사랑하라〉.
이탈리아에서 먹고
인도에서 기도하고
발리에서 사랑하는 이야기.

주인공은 말하지.
여행은 자기 안에 있는 신神을 발견하는 거라고.
신은 완벽한 사람을 원하지 않는다고.
모든 것을 초월한 듯 천사처럼 웃고 있는 사람을 원한다고.

그러니까 절대로 여행 가서 화내지 마.
당신 안의 천사가 영영 사라질지도 모르니까.

Munich, Germany

Corsica, France

\#
그가 말했어.
시詩를 쓰려고 지중해에 왔는데
지중해가 시였다고.

내가 말했어.
여행을 하려고 이곳에 왔는데
삶이 여행이었다고.

\#

산다는 것은 기억을 안고 가는 일이라고 네가 말했지.
살면서 생겨난 기억들의 모임이 인생이라고.
기억 속에 만들어진 세계 하나하나가 그 사람이라고 했지.

수많은 세계로 이루어져 있어서
한 곳에 머물지 못하고
낯선 도시에서 낯선 도시로
떠돌 수밖에 없는 운명이라고 했지.

운명 같은 사랑도 잠시 끓다가 식어 버리는 수프와 같고
돈과 명예, 성공 모두 잠시 손에 들어온 행운일 뿐
죽음 역시 이 세상에서 저세상으로 가는 여행이라고 했지.

뷔르츠부르크 언덕에서 느낌표처럼 생긴 첨탑들을
바라보았어.
내 안에는 물음표가 너무도 많은데
세상은 내게 느낌표로 답해 주는 것 같아.

세상을 떠나기 전, 우리가 마지막으로 떠올릴 풍경은
아마도 낯선 도시를 떠도는 동안
가장 붙잡고 싶었던 어느 한순간,
사랑으로 눈부시고 행복으로 찬란했던
그 한순간이 아닐까.

Würzburg, Germany

Corsica, France

\#
수백 년
아니
수천 년 전 세월의 궤적을 따라가다
낯선 시간에 나를 던져 놓으면
여행이라는 그물을 통해
건져 올리게 되는 것들이 있지.

이를테면
과거라는 시간의 보물들.

여행이 주는 선물이지.

RUE
de l'EGLISE

12
Parcours Patrimonial
Itinerariu di u Patrimoniu

ecialités

du pays

Corsica, France

\#

길을 잃을까 봐 여행이 두렵다고 했지?
길을 찾는 방법은 단 하나,
길을 잃어버리는 거야.

당신이 잃었던 길
당신이 가야 할 길.

어쩌면 지금까지 걸어온 길을 후회하게 될지도 모르지.

#

인생에 겹치는 시간은 단 한 번도 없어.
우리에게 다가오는 모든 순간이 낯선 시간이야.

내 이마에 내리는 햇빛도
저 벽에 쏟아지는 햇살도
어제의 것은 하나도 없어.

Corsica, France

- 쉬었다 갈까?
- 꽃향기가 좋잖아.

Corsica, France

\#

비 한 방울에도 거대한 우주가 들어 있다.

세상 어느 것 하나 저절로 생겨난 것은 없다.
셀 수 없는 시간과
숱한 시행착오 끝에 만들어진 개별의 세계.

여행은 그 세계를 들여다보는 창이다.

Paris, France

Cesky Krumlov, Czech

\#

무심히 지나가는 풍경들
사라지는 모든 순간들
흩어지는 세상의 소리들
언젠가는 몹시 그리워지겠지.

모든 것은 단 한 번뿐이니까.

Venice, Italy

#

지금 일어나고 있는 일이
한 번도 겪어 보지 못한 일이라면

그래서 들끓고 있는 무언가가
당신을 잠 못 들게 하는 것이라면

누군가에게 꼭 하고 싶은 말이 있다면
가고 싶은 곳이 머릿속을 떠나지 않는다면

서둘러야 한다.

내일은 무슨 일이 생길지 모르므로.

Venice, Italy

Provence, watercolor on paper, 12.5×18cm

낯선 / 사람

\#

인생이란
추억을 등지며 걷는 골목.
저 길 끝에서 너와 나는 이별해야 한다.

그러니 나의 사람아.
우리, 천천히 가자.

Corsica, France

Budapest, Hungary

\#

네가 좋아진 후
내 창에는 꽃이 피었어.

\#

혹시 나를 못 볼까 봐.
그냥 나를 지나칠까 봐.
변한 나를 못 알아볼까 봐.

어쩌면 나를 잊었을까 봐.

Burano, Italy

지금 달려가면 네가 나를 만나 줄까?

Zermatt, Switzerland

Budapest, Hungary

\#

수많은 벽을 지나야
비로소 보이는 것이 있다.

수많은 사람을 만나야
비로소 만나는 사랑이 있다.

\#

한참을 서 있었어.

네가 저쪽에서 걸어올 것만 같아서.

Corsica, France

#

인생은 끝없는 숨바꼭질.

저 길모퉁이를 돌면
너를 만날 수 있을까?

Corsica, France

Venice, Italy

#
내가 있어야 할 자리.
바로 여기
너의 곁.

Prague, Czech

\#

문이 열릴 때마다 돌아보았어.
네가 들어오는 것 같아서.

문이 열릴 때마다 귀를 기울였지.
'많이 기다렸어?'하는 네 목소리가 들리는 것 같아서.

문이 열릴 때마다 가슴이 쿵쾅거렸어.
네가 뒤에서 안아 줄 것만 같아서.

너는 왜 오지 않는 걸까.

오지 않는 너를 기다리는 동안
내 안의 문이 수십 번도 넘게
열리고 또 닫혔어.

Paris, France

#

그녀는 등을 돌린 채 다리 난간에 앉아 있었어.
갈색의 탱크톱을 입은 그녀의 어깨에
날개처럼 팔이 돋아 있었어.

아마도 사람의 팔은 누군가를 안기 위해 진화했을 거야.
그게 아니라면 저 보드라운 팔로 할 수 있는 게 뭐가 있겠어.

남자는 그녀와 마주 앉아 있었어.
등을 돌리고 앉은 그녀와 그녀의 목에 가려진 남자.
나는 두 연인의 얼굴을 볼 수 없었어.
1미터 남짓한 거리였는데.
사람의 눈으로 볼 수 있는 것이 어쩌면 이렇게도 빈곤한지.

바람이 불었고 그녀의 흰 목덜미가 드러났어.
작고 아득한 그곳에 노을이 내렸어.
목선을 타고 어깨로 등으로 팔을 따라 흘러내려
몸으로 스며든 노을은 다시 돌아오지 못하고 거기서 지겠지.

다시 바람이 불었고 그녀의 머리카락이 출렁였어.

끝내 나는 그녀의 얼굴을 보지 못하고 자리를 떠났어.

이윽고 어둠이 내렸어.
나의 눈은 남은 빛의 끝을 찾았지만
그 속에서 결국 길을 잃고 말았지.

사라지는 것, 멀어지는 것을 지켜보는 일은
이렇게 늘 난감하지.

Florence, Italy

\#

너는

나를 웃게 해.

나를 울게 해.

나를 설레게 해.

나를 화나게 해.

나를 기쁘게 해.

나를 슬프게 해.

그런 너를 사랑하게 해.

Florence, Italy

#

시력이 떨어졌지.

하지만 괜찮네.

다 볼 필요 있나. 그동안 이미 많은 것을 보았다네.

이제는 보이는 것만 보면 된다네.

눈이 한결 더 편해지겠는걸.

청력도 떨어졌지.

하지만 괜찮네.

이제 나의 귀도 쉴 때가 되었다네.

다 듣는다고 뭐가 달라지겠나.

앞으로 나의 마음은 평화를 찾을 걸세.

검은 머리가 빠졌지.

이것이야말로 축복 아닌가.

신은 공평하시네.

대신 내게 멋진 은빛 수염을 주셨거든.

뼈가 약해졌지.
드디어 내게도 천천히 걷는 시간이 허락되겠군.
평생 무거운 몸뚱이를 지고 빨리 걷느라
다리도 꽤나 지쳤을 걸세.

기억도 멀어졌지.
참으로 다행이지 않나.
그 많은 것을 다 기억하려면 아마 나는 기절할 걸세.
한 가지 신기한 것은 먼 기억들은 갈수록
생생해진다는 것이네. 이를 테면 추억 같은 것들 말일세.

슬퍼하지 말게.
나는 젊음을 잃어버린 것이 아니라네.
다 쓰고 돌려준 것일 뿐.

앞으로는
덜 보고
덜 듣고
덜 기억할 걸세.

Prague, Czech

이렇게 큰 짐을 덜었으니
이보다 더 좋을 수는 없지.

자, 이제 나의 음악을 들어 보겠나.
인생이란 한 편의 멋진 연주라네.

\#

숲속의 나무들도 거리가 있어야
잎을 틔우고 열매를 맺을 수 있다.

그림자도 떨어져 있어야
뒤따라올 수 있다.

사랑도 거리가 있어야
간절히 원할 수 있다.

그러니까
사람은 누구나 외롭고
외로우니까 인생이라고
그들이 내게 말했어.

VIENNA, Austria

\#

신이시여!

우리의 아들딸들을 보살펴 주소서.

그들 가정에 행복과 평화가 가득하게 하소서.

부디 이 노모가 그들에게 짐이 되지 않게 하소서.

그들의 후손들을 복되게 하시고

오직 당신의 은총으로 그들을 지켜 주소서.

......

오늘도 어머니의 기도에는 어머니를 위한 것이 없습니다.

Prague, Czech

\#

뒷모습에 대한 글을 쓰고 싶다고 했을 때
왜 하필 뒷모습이냐고 너는 물었지.

정면이 아닌 후면
4분의 1정도만 보이는 얼굴
목덜미, 어깨, 등, 표정 없는 뒷머리
거기에 깊이 배어 있는 삶의 여운들
겉모습이라기보다는 차라리 속마음에 가까운
그곳에 더 많은 진실이 있다고 생각했거든.

미켈란젤로 언덕에서 그녀를 보았어.
그녀는 난간에 기대 피렌체 시가를 향해 서 있었지.
건너편에는 두오모 성당이 보였어.
그녀의 시선이 닿은 곳은 어디일까?
두오모, 종탑, 베키오……
어쩌면 허공을 바라보고 있거나
눈물을 흘리고 있는지도 모르지.

그녀는 뭔가 골똘히 생각하는 것 같았어.
마음을 뚫고 지나간 누군가를 떠올리는 것 같기도 하고
밤잠을 설치게 했던 말을 곱씹는 것 같기도 하고

어느 날 갑자기 멀어져 간 누군가의 뒷모습을 그리워하는
것도 같았어.

등에 늘어뜨린 긴 머리가 그녀를 위로하는 것 같았어.
괜찮다. 괜찮다.

뒷모습은
차마 버릴 수 없는
버려지지 않는 것들의 성지이자
앞에 나설 수 없는 것들의 영역이지.

그래서 뒷모습은 또 하나의 얼굴이야.

\#

생 제르망 거리에서 너를 본 것은 이른 아침이었어.
너는 바의 입구에 서 있었고 등은 지쳐 보였지.
손가락 사이로 피어오르는 담배 연기가
패잔병의 입김 같았어.
너는 그곳에서 열병 같은 밤을 보냈겠지.

자유
독립
일탈
실패
저항
고뇌
불안.

Paris, France

젊음이 안고 있는 통증들이
너의 등에서 훅 끼쳐 왔어.

그렇다고 좌절하지는 마.
지금 너는 고통조차 눈부신
청춘의 강을 건너고 있는 거니까.

#

길을 걷고 있을 때였어.

너는 나를 앞서 가고 있었지.

- 어디 가니?

- 친구한테. 오늘 저녁 파티가 있거든. 너는?

- 여행 중이야. 프라하의 골목을 어슬렁거리고 있지.

- 머지않아 이 도시와 사랑에 빠지겠군.

  조심해. 헤어날 수 없을지도 몰라.

- 응. 그런데 모자가 참 멋지구나.

- 고마워. 이곳에서는 다들 멋있어 보이지. 프라하니까.

신기하지 않아?

뒷모습만 바라보았을 뿐인데

나는 그녀와 대화를 하고 있었어.

Prague, Czech

\#

코르시카 섬 북서쪽 해안 도로를 지나다
잠시 차를 멈추었어.

네가 생각나서.

Corsica France

\#

종일 네 생각을 하다 알았어.

그리움만큼
그림자도 자란다는 것을.

Corsica, France

Corsica, France

\#

길섶의 풀 한 포기 바람에 기울어집니다.
멀리서 울리는 종소리에 귀를 기울입니다.
오후 4시, 벽에 비친 그림자가 기울어집니다.
지구도 외로워서 태양 쪽으로 기울어져 돕니다.

기울지 않고 사는 것은 세상에 없습니다.
기울어진다는 것은 마음을 기댄다는 것.

오늘도 당신을 생각하다 해가 기울었습니다.

\#

사랑하는 사람이 사는 도시를 사랑한 시인이 있었어.
사랑 때문에 낯선 도시가 그의 섬이 된 사람.

사랑하는 사람이 좋아하는 도시를 여행한 사람이 있었어.
사랑 때문에 그 도시에 눌러살게 된 사람.

사랑이라는 이유로
인생을 거는 모험들이 얼마나 많은지.

무모하지만 아름다운 광기.
사랑이란 것은.

Würzburg, Germany

Prague, Czech

\#

먹고사는 일이 목에 걸린 생선 가시 같을 때가 있어.
어떤 날은 꾸역꾸역 넘겨야 하는 찬밥 덩어리 같고
어떤 날은 발바닥에 자꾸만 돋아나는 티눈 같다가
또 어떤 날은 사레 걸렸을 때 나오는 눈물 같기도 해.

그렇지 않니?

\#

거리의 예술가.

그들의 일터가
고된 노동이
간절한 몇 푼이
내게는 잠시 스치는 여행의 가벼움이었어.

먹고사는 게 정말 목에 걸린 생선 가시 같아.

Florence, Italy

\#

아버지라는 줄
가장이라는 줄
남편이라는 줄
책임이라는 줄
의무라는 줄

내가 벗어날 수 없는 줄.

Prague, Czech

#

당신은 크고 높은 허상을 쫓지만
나는 그저 작고 낮은 사랑을 구할 뿐이오.

Prague, Czech

#

채워도 채워지지 않는 허기가 있어.
어쩌면 채울수록 더 채워지기 바라는 것일지도 몰라.

너만 보면 느껴지는 이 허기.

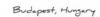
Budapest, Hungary

\#

카페 레 뒤 마고에서 그녀를 보았어.
그녀는 자꾸만 창밖을 내다보았는데
마치 누군가를 기다리는 것 같았어.
그녀는 뒤돌아 앉아 있었고
나는 창문에 비친 그녀의 옆모습을 보았어.

참 아름다웠어.
짙은 속눈썹에 물기 어린 눈.
그녀가 사랑하는 남자는 어떤 남자일까.

그녀가 이곳에서 연인과 만나는 상상을 했어.
키스를 나누고
커피를 마시고
아마 사랑을 나누러 나가겠지.

사랑만큼 달콤하고 뜨겁고 공허한 것이
세상에 또 있을까.

그녀가 떠나기 전에
나는 서둘러 카페를 나왔어.
그녀가 연인과 떠나고 나면 왠지 슬퍼질 것 같아서.

Budapest, Hungary

\#

- 인생이 한 잔의 커피라면 너는 어떤 커피를 마실래?
- 에스프레소. 너는?
- 나는 너랑 함께 마시는 커피.

\#

종이 말했다.

- 내가 왜 울리는지 아니?

- 너를 붙잡고 싶어서.

Corsica, France

\#

담쟁이가 말했다.

- 내가 왜 손을 뻗는지 아니?

- 너에게 닿고 싶어서.

\#

분홍이 파랑에게 말했다.

- 내가 왜 곁에 있는지 아니?

- 너에게 곁을 주고 싶어서.

Burano, Italy

133

\#

그녀의 이름은 아니타.

매일 산 마르코 광장에 나와 비둘기에게 모이를 주던 소녀.

-부리에 쪼이기라도 하면 어쩌려고. 겁나지 않니?

-전혀요, 제 친구들이니까요.

두렵다는 것은 그만큼 마음의 벽이 높다는 것이 아닐까.

친구가 된다는 것은 그 벽을 허무는 일.

그동안 나는 얼마나 많은 벽 속에 갇혀 살았나.

Venice, Italy

Budapest, Hungary

\#

누군가 너의 사진이 되었고
너는 나의 사진이 되었다.

우리는 모두
누군가의 무엇으로 살고 있다.

\#

프랑스에서 온 브라이언.

은퇴 후 세계 곳곳을 다니며 순간을 담는 사진작가.

언제가 제일 행복하냐는 나의 우문에

살아 있는 모든 순간이 행복이라는 현답을 주었지.

- 나는 내일 당장 세상을 떠난다고 해도 괜찮네.

 죽음은 그저 변화일 뿐. 죽고 나면 행복할 수 없지.

 그러니까 지금 행복해야 하네.

 신은 우리에게 충분한 시간을 주지 않았거든.

Budapest, Hungary

그동안 우리는 행복한 때를 따로 정해 놓고
살아왔던 것은 아닐까.
행복한 이유를 미리 설정해 마치 목표처럼 세우고
행복해 보여야 행복하다는 착각 속에서
살고 있는 것은 아닐까.

죽기 전에 꼭 해 보고 싶은 것이 있는지 묻자
무엇을 꼭 해야 한다는 강박에서 벗어나는 것이라고 했어.
마음의 평온을 위해 매일 아침 명상을 한다고 그는 말했지.
나의 질문은 여전히 우문을 벗어나지 못했어.

그는 철학하는 여행자였어.

\#

나의 소원은 단 하나,
아무도 나의 낮잠을 방해하지 않는 것.

Prague, Czech

Corsica, France

\#

나의 세상은 화폭 안에 있소.
그렇다면 당신의 세상은 어디에?

#

모네의 정원에서 만난 노신사.
사진을 찍어도 되겠느냐고 물었더니
이왕이면 30년 젊게 찍어 달라고 했던 유쾌한 여행자.

한 번의 스침이 남긴 오랜 여운.
그것을 여백에 옮길 때 떠오르는 추억.
낯섦이 추억이 되는 순간.

다시 여행을 떠나게 만드는 이유들.

Rothenburg, Germany

\#

- 안녕하세요?
- 어디를 그리 바쁘게 가니?
- 마르크트 광장에 가는 길이에요.
- 천천히 가렴.
  여행은 달리기경주가 아니란다.

\#

그녀가 카페에 앉아 있었어.

은회색의 짧은 커트 머리

진한 블루 재킷에 민트색 스카프가 멋있었지.

그녀는 무릎을 가지런히 모으고 〈르 피가로〉를 읽고 있었어.

테이블 위에는 바게트 몇 조각과 커피가 담긴 은색 주전자,

흰 찻잔이 놓여 있었지. 찻잔에서는 하얀 김이 피어올랐어.

그녀의 향기처럼, 파리의 영혼처럼.

나는 몇 미터 떨어진 곳에서 그녀를 바라보았어.

참 아름다운 여인이구나.

그로부터 십여 년이 지났어.

지금 그녀는 어디에서 무엇을 하고 있을까.

Paris, France

Paris, watercolor on paper, 12.5×18cm

낯선 / 풍경

Corsica, France

#

바스티아의 오래된 골목을 걸었어.
시간이 사는 골목이었지.

아주 오랫동안 세상 밖을 떠돌던 시간의 입자들이 모여
사는 곳. 그곳의 집들은 시간 위에 떠 있는 섬 같았어.
본래 시간은 볼 수도 만질 수도 없는 것이라서
사물이나 사람의 몸에 얹혀사는지도 몰라.
그래야 세상 만물이 존재의 유한함을 깨달을 테니까.

리처드 도킨스가 말했지.
인간의 몸은 유전자를 실어 나르는 기계라고.
어쩌면 시간도 유전자처럼 우리 몸속에 살면서
주름의 무늬를 그리고 은백색으로 채색하며
노화의 향연을 벌이고 있는지도 몰라.

골목의 벽들은 시간의 흔적으로 가득했어.
낡고 녹슬고 부서지고 떨어져 나가고.
사람의 눈으로 보면 볼품없는 벽이지만
시간의 눈으로 보면 한 점의 멋진 벽화일거야.

빨랫줄과 전깃줄이
문명과 기술이
오래된 과거와 오래된 현재가
서로 엉키고 부대끼면서
그곳의 집과 시간의 골목을 향하고 있었어.

낯설다는 것은
아직 나의 안쪽으로 품지 못했다는 것.

나는 지금 바깥에 놓인 것들을 안에 들여놓으려고
천천히 걸어가고 있어.
아주 낯선 시간 속으로.
낯선 풍경 속으로.

\#

센 강변의 노점을 따라 걷고 있는데
노트르담 성당 앞 사거리에서 갑자기 폭우가 쏟아졌어.
나는 곧장 길 건너 서점으로 뛰어들어 갔지.

'셰익스피어 앤 컴퍼니.'

서점 문을 열자마자 책 냄새가 훅 얼굴을 덮쳤어.
코로 들어오는 냄새가 아니라 몸에 끼얹어지는 냄새였어.
나무의 몸통에서 책의 겨드랑이로
그리고 다시 나의 신경을 타고 온몸으로 전이되는
글의 체취.

비는 계속 쏟아졌어.
마치 하늘에 구멍이라도 난 것처럼.

꼼짝없이 서점에 갇혀 버렸는데 그게 그렇게 좋더라.
비 오는 날 우산이 없다는 것이
이렇게 낭만적인 평계가 될 줄은.
가끔은 꼭 있어야 할 무엇이 없을 때가 더 좋기도 해.

어쩌면 애초에 없어도 되는 것이었는지도 모르지.

그때였어.
내가 너를 본 것은.

자꾸 문 쪽으로 고개를 돌리던 너를.
누군가를 기다리는 듯한 너를.

\#

〈어바웃 타임〉이라는 영화를 봤어.
주인공에게는 시간을 여행하는 능력이 있었는데
생각해 보니까 너무 신나는 거야.
시간을 되돌려 과거로 돌아갈 수 있다니!

주인공은 과거로 돌아가서
실수를 바로잡기도 하고
사랑을 돌려놓기도 하고
불의의 사고를 막기도 해.
돌아가신 아버지와 재회도 하지.

단 한 번만이라도 좋으니
과거로 돌아갈 수 있다면
언제로 돌아가는 게 좋을까?

20대 언저리는 어떨까.
그때로 돌아가 모든 것을 다시 시작하는 거야.
원하는 공부도 다시 하고
책도 많이 읽고 글도 쓰고

Corsica, France

세계 곳곳으로 여행도 다니고
새로운 일도 찾을 거야.
멋진 이성도 만나야겠지.
이왕이면 여행을 좋아하는 사람이었으면 좋겠어.
사하라 사막도 같이 가고
아마존도 함께 건너고
히말라야도 같이 오르고.
상상만으로도 즐겁지 않니?

- 나비야, 너는 언제로 돌아가고 싶니?
- 네가 나의 낮잠을 깨우기 전으로 돌아가고 싶어.

#

오르세 미술관에 가면 대형 시계가 있다.
나는 그 앞에서 생각에 잠긴다.
시계를 만든 사람들에 대해.
시간에 갇힌 사람들에 대해.

시간은 원래 있는 것도 아니고 없는 것도 아닌데
사람들은 여러 조각으로 쪼개서 편의대로 쓰고 있다.
수십만 분의 1초에서부터 수백만 광년에 이르기까지.
1년은 열두 달, 열두 달은 다시 30일.
그렇게 나뉜 하루는 24시간에서 다시 60개의 갈래로
60개의 마디로 나뉜다.

눈금을 그어
잘게 부수고
그 안에서 수數를 만들었다.

칠십 평생을 산다고 치면
무려 2,207,520,000초의 시간인데
다들 시간이 없다고만 한다.

Paris, France

Prague, Czech

\#

시간은 그냥 저 혼자 흐르는 것인데
사람들은 거기다 속도의 개념까지 씌어 버렸다.
빨리 가 봐야 몇 걸음 앞인데도
서로 먼저 가려고 야단이다.

느린 것을 참지 못해
자동차와 비행기를 만들고
인터넷이라는 멍청한 신神까지 만들었다.
기다림이 사라졌다.

그러면서 불평한다.
시간이 너무 빨리 간다고.

오늘도 우리는 시계를 들여다보면서
시간에 갇힌 자신을 보지 못한다.

\#

어느 시인이 말했지.

베니스에서는 누가 옆에 있더라도 그 품에 쓰러질 거라고.

그러니 혼자 오지 말라고. 꼭 누군가와 같이 오라고.

산타루치아 역을 나오면서 생각했어.

어떻게 갯벌에 말뚝을 박고 그 위에 도시를 지을 생각을

했을까.

늪지뿐이던 이 척박한 땅이 어떻게 축제의 땅이 되었을까.

지반이 점점 내려앉아 물속에 잠길지도 모른다는데

사람들은 곤돌라를 타며 태평하게 노래를 부르고 있으니

괴테의 말처럼 육체의 눈으로는 도저히 볼 수 없는 곳인지

도 몰라.

칼레*를 걸었어.

사람 하나 겨우 지나갈 수 있는 좁은 길이었지.

마주 오는 사람과 어깨가 닿아야만 지나갈 수 있고

서로의 방향을 인정하는 눈빛이 스쳐야만 지나갈 수 있는

그런 길이었어. 칼레는.

Venice, Italy

* 베니스의 소로. 작은 운하와 이를 연결하는 다리가 그물코처럼 얽혀 골목들이 대부분 좁고 길다.

Venice, Italy

\#

베니스에 밤이 오면 고독이 민낯을 드러내지.
한낮의 화려한 치장을 벗어야 하는 시간.
만약 당신이 밤의 칼레를 걷는다면
고독을 피할 수 없을 거야.

고독은 화려함을 돋보이게 할 수는 있지만
화려함은 고독을 숨기지 못해.
감추려 할수록 더 고독해지기 마련이니까.

그래서 이곳에서는 누군가의 품에 쓰러지지 않고는
도무지 견딜 수가 없는 거야.

Venice, Italy

Venice, Italy

\#

너는 베니스의 가면 축제에 가고 싶다고 했지.
가면 속에 얼굴을 숨기고
며칠만이라도 다른 얼굴로 살고 싶다고 했지.
가면 속의 눈과 눈이 마주쳤을 때의 기분이 궁금하다고 했지.

가면을 써야만 숨기지 않을 것 같다고
진짜 가면은 가면 속의 얼굴이라고
그것이 가면의 본질이라고 했지.

가리기 위해서가 아니라
숨기기 위해서가 아니라
진짜 가면을 벗고 싶어서
너는 그곳에 가고 싶었던 거야.

#

가면이 내게 말했어.

- 너는 벗을 수 없는 가면을 썼구나.

Corsica, France

#
- 어디야?
- 베키오 다리.
- 거기서 뭐 해?

노을을 바라보고 있었어.
해 지는 하늘, 참 붉더라.
상처 같았어. 건드리면 덧나는 상처.

원래 베키오 다리에는 푸줏간, 가죽 공방, 대장간이
모여 있었는데 시끄럽고 냄새 난다고
몽땅 보석 가게로 바꿔 버렸대.
그런데 사람들은 알았을까?
베키오의 진짜 보석은 오팔이나 에메랄드가 아니라
매일 이곳을 지나는 저 노을이라는 것을.

사람들은 난간에 빼곡히 앉아 있었는데
다들 눈에 노을이 가득 고여 있었어.
눈물을 흘린다면 아마 붉은색이었을 거야.

거리의 악사들이 연주를 시작했고
기타 줄에서 튕겨 나온 음표들이
노을을 타고 다리 위를 날아다니는 것 같았어.
어디로부터 와서 또 어디로 사라지는지
가벼운지 무거운지
마른 것인지 젖은 것인지 알 수도 없이
그냥 잠시 울리다 사라졌어.

어쩌면 빛과 소리는 태생이 같을지도 몰라.
덧없음을 가르쳐 주기 위해 신이 만들어 놓은 것일지도.
욕심에 눈이 멀고 유혹에 귀가 얇아져서
보지 못하고 듣지 못하는 것일지도 모르지.

Florence, Italy

\#

해는 노을을 양수처럼 품고 있다가
하늘에 모조리 쏟아 놓고 사라졌어.
사람들은 그것을 황혼이라고 했어.

다리 위에는 황혼에 젖은 사람들이
자신의 황혼을 잊은 채 앉아 있었어.

Florence, Italy

Paris, France

\#

만약 당신이 파리에 간다면
평소보다 한 박자 느리게 걸으세요.
그렇지 않으면 파리가 당신을 따라오지 못하니까요.

아무것도 하지 마세요.
아무것도 하지 않을 자유가 당신에게 있으니까요.

금방 산 물건을 누가 훔쳐 갔어도 기분 나빠 하지 마세요.
당신의 기념품이 그에게는 생필품일 수도 있으니까요.

비 개인 뒤 물웅덩이를 한번 바라보세요.
거기에 또 하나의 파리가 있으니까요.

골목에서 길을 잃더라도 당황하지 마세요.
여행의 진정한 즐거움이 시작될 테니까요.

다 보고 가겠다는 욕심은 내지 마세요.
못 보고 남겨 둔 곳이 있어야 또 올 수 있으니까요.

Paris, France

Paris, France

무언가를 두고 돌아오세요.
그것이 물건이든 추억이든 상관없어요.

아마 당신은 두고 온 그 무엇 때문에
내내 파리를 그리워하게 될 거예요.

#
- 양념이랑 커피, 차 종류는 이쪽 선반에 있어요.
- 요리 도구는 서랍에 있고, 페델리니*는 여기 아래 바구니에
  충분히 있어요.
- 와이파이 ID와 PW는 냉장고에 붙여 놓았어요.
- 음식물 쓰레기는 골목 끝의 쓰레기 처리장 앞에 가져다
  놓으면 돼요.
- 세탁기 사용법을 알려 줄 테니 이쪽으로 와요.
- 참, 이건 로제 와인이에요. 우리 집에 온 손님들에게 주는
  선물이죠.

집주인의 긴 설명을 듣고 난 뒤
집 안의 가구나 제품을 분실 혹은 손상시켰을 경우
모든 책임을 지겠다는 서약을 했지.

그녀가 떠나고 나는 거실을 둘러보았어.
연한 갈색 커튼을 통과한 햇볕이 실내에 가득했어.
'이 집의 주인은 바로 나, 햇볕이지'라고 말하는 것만 같았어.

*매우 얇은 가닥의 긴 파스타

Barcelona, Spain

대충 가방을 풀고 소파에 누워 둥둥 떠다니는 볕의 화소들을
보며 역시 아파트를 선택하기 잘했다고 혼자 생각했지.
무슨 호텔 몇 층 몇 호실 투숙객보다는
훨씬 일상적이고 자유롭거든.

요리도 하고
커피도 내리고
빨래랑 설거지도 하면서
산책 길에는 동네 주민들과 인사도 나눌 수 있지.
집주인이 좋아하는 음악도 듣고 잡지도 뒤적이면서.
아! 참, 낮잠도 있었지.

쉿!
여기가 바로 신의 눈물샘.
조용히 지나가야 해.
그렇지 않으면 신이 눈물을 흘릴지도 몰라.

Corsica, France

\#

지중해가 보낸 우편물.

봉인된 홍합이 열리고
나의 몸이 지중해를 향해 열리는 순간.

Corsica, France

Corsica, France

신이 켜 놓은 스포트라이트.

이제 곧 바다의 공연이 시작될 거야.

\#

아주 먼 옛날.

조상들이 바다에서 육지로 올라오던 날.

햇빛을 처음 보고 눈이 부시던 날.

공기의 숨결과 바람의 소리를 처음 느끼던 날.

혼자보다는 여럿이 더 낫다고

문득 사랑이 필요함을 깨닫던 날.

사랑이 곧 삶이라고 말하던 날.

사랑으로 태어난 수많은 삶들이

다시 바다로 나와 햇빛 공기, 바람을 쐬던 날.

오늘이

바로 그날.

Corsica, France

\#

햇빛만 눈부신 게 아니다.
벽에 널린 허름한 빨래들
그림자마저 눈부신
부라노 섬의 오후.

Burano, Italy

\#

밤하늘이 왜 어두운 줄 아니?
우주가 너무 넓어 별빛이 아직 지구에 도착하지 않아서래.

그래서 사람들은 별이 도착할 때까지
지상에 인공의 별을 밝혀 둔 거야.

사람의 별들로 가득한 부다페스트의 밤.

Budapest, Hungary

Montreux, Switzerland

\#

나와 함께 있고 싶다면
노을이 예쁜 호숫가로 데려가 줬으면 좋겠어.

해가 지는 시간만큼은
그곳에서 떠나고 싶지 않을 테니까.

\#

나와 함께 있고 싶다면
볕이 좋은 곳으로 데려가 줬으면 좋겠어.

빨래가 실컷 마르는 것을 보고 있으면
시간 가는 줄 모를 테니까.

Burano, Italy

\#

나와 함께 있고 싶다면
주말마다 중고 책 시장이 열리는 마을로
데려가 줬으면 좋겠어.

책을 고르는 동안에는
한눈을 팔지 못할 테니까.

Aix-en-Provence, France

Corsica, France

\#

밀이 자라서 수확을 할 때까지
소금이 식탁에 오르기까지
와인의 향기가 최상에 이를 때까지.

이 한 접시를 위해 들어간 시간들.

감사하고 또 감사해야 한다.

\#

여행 닷새째 아침.

여기 어디,
모시조개 넣고 된장국 끓여 주는 데 없나요?

Corsica, France

\#

영화 〈바그다드 카페〉 봤어?

〈Calling you〉의 여운이 오래 남았던 영화.

야스민과 브렌다가 처음 만나던 장면이 인상적이었지.

둘 다 손수건으로 얼굴을 닦고 있었는데

한 명은 땀을 한 명은 눈물을 닦고 있었잖아.

인생의 한 단면을 은유적으로 보여 준 장면이었지.

- 사람들이 카페에 오는 이유에 대해서 생각해 본 적 있어?

- 글쎄.

위안을 받고 싶어서가 아닐까.
땀 혹은 눈물에 대한.
고여 있는 것들을 흐르게 하고
흐르는 것들을 닦아 주려고.

도시를 걸어 봐.
서울도 파리도 비엔나도
점점 카페가 늘어나고 있어.

위로받아야 할 땀과 눈물이
점점 많아지고 있다는 이야기지.

Paris, France

\#

카페 가비에 왔어.
카뮈가 자주 왔다는 그 카페.
파리의 문단에 염증을 느낀 그가
죽기 전에 머물렀던 곳.

한창 카뮈에게 빠져 있을 때 그의 책을 읽다가
문득 그가 살던 곳에 가고 싶다는 생각이 들었어.

그래서 비행기를 탔어.
인천에서 파리로
파리에서 마르세유로
다시 아를을 거쳐 루르마랭까지.
엄청 멀더라.

카페에 앉아 있으니
그의 글에 유독 많이 등장했던 햇빛이 생각나.
알제리의 햇빛이 그리워 여기 남프랑스에 정착한 것이라
던데. 얼마나 그곳이 그리웠으면.

커피를 마시고 그의 묘지에 가 볼 생각이야.
50여 년 전에 세상을 떠난 그와
불과 1미터도 안 되는 거리에서
그가 누운 자리를 덮고 있는 햇빛을 느끼고 싶어.

그가 그토록 사랑했던 햇빛을 말이야.

Café Gaby

BREAKFAST

Plat du jour
*
Grillade
*
Menu enfant
*
Tarte salée maison
*
Omelettes
*
Bruschetta
*
Salades Composées

Salade de bienvenue
et plat du jour 11€
*
Joue de porc
Comté
*
Gratin dauphinois
*
Entrées / Fromages
Andouillette 13,5€
Tartare de boeuf
Faux/Salade 12,50
Pavé de boeuf 14,50

Lourmarin, France

\#

베니스.

'이제 그만'하고 돌아가기에는
너무도 아름다운 곳.

CALLE
BRIATI

Venice, Italy

Corsica, watercolor on paper, 12.5×18cm

낯선
／
생각

\#

-노을이 왜 붉은지 알아?

태양을 떠나보낸 하늘의
눈시울이 붉어져서……

내가 너를 보낼 때처럼.

\#

한집에 산다는 것은
하나의 빨랫줄에 같이 옷을 너는 것.

한 가족으로 산다는 것은
하나의 연줄에 운명을 함께 거는 것.

우리는 이 줄을 벗어날 수 없다.

Corsica, France

\#
창窓이라는 글자를 들여다보고 있으면
맨 처음 이 글자를 만든 사람이 궁금해집니다.
어쩌다 마음心을 넣게 되었을까요.

짐작하건대
우리 마음에 창이 있다고 생각했던 것 같아요.

그 창을 열어야 마음이 열린다고
마음이 열려야 볼 수 있다고
볼 수 있어야 사랑할 수 있다고
사랑할 수 있어야 살 수 있다고
사랑하지 않으면 살 수 없는 거라고
……

왠지 그랬을 것 같아요.

Corsica, France

\#

산다는 것은

창문 앞에 작은 화분 몇 개 놓는 일.

왜 진작 몰랐을까.

Corsica, France

\#

신이 매일 우리에게 보내는 메시지.

사랑할 것
또 사랑할 것
다시 사랑할 것.

해가 지기 전에
더 늦기 전에.

Montreux, Switzerland

#
- 여기가 어디냐고?
- 추억과 미래 그 중간이지.

\#

여행하고 싶다면 사랑할 때가 좋다.

당신의 모든 것을 다 주어도
아깝지 않을 행복을 누릴 테니.

Prague, Czech

\#

행복하기 위해서는
많은 것이 필요하지 않아.

Burano, Italy

Florence, Italy

#

음악은
우리 귀에 잠시 머물렀다가
덧없이 사라지지.

신이 우리에게 귀를 준 이유는
덧없음을 가르치기 위해서가 아니었을까.

Florence, Italy

\#

해가 진다.
보고 싶다.

Florence, Italy

\#

노을이 지는 것이 아니에요.
당신의 하루가 지고 있는 거예요.

우리가 사랑할 시간이 사라지고 있는 거예요.

\#

– 심장이 왜 왼쪽에 있는지 알아?

– 아니.

– 오른쪽은 사랑하는 사람의 심장이 포개지는 자리이니까.

Paris, France

들리니?
너의 오른쪽 심장에서 울리는 탱고.

\#

함께 늙어 간다는 것은
서로의 주름을 지그시 바라봐 주는 것.
좁아진 보폭에 발을 맞춰 주는 것.
잘 들리지 않아도 고개를 끄덕여 주고
빨간 립스틱, 나비넥타이를 선물해 주는 것.
눈물이 말라도 손수건을 건네주며
흘린 음식물은 서로 모른 척해 주는 것.

하나둘 사라지는 기억을 붙잡지 않으며
냉장고에 둔 휴대폰은 슬며시 가져다주고
잠들기 전 '잘 자'라는 인사를 잊지 않는 것.
벽에 걸린 가족사진이 점점 늘어나고
생의 마지막 순간이 멀지 않았음을 받아들이며
서로의 손을 오래 그리고 자주 잡아 주는 것.

언젠가 그 손을 놓아야 할 때가 오면
함께 늙어 주어 고맙다고 말할 수 있는 것.

Paris, France

Florence, Italy

\#

나의 뒤를 살금살금 따라오다
어느 날 갑자기
불쑥 나타난 것이 무엇인 줄 아나?

그것은 바로 중년의 내 모습이었다네.

\#

사랑은 단순하고 구체적인 거야.
이렇게 발가벗은 해변에서
서로 발가벗고
발가벗은 햇빛을 쏘이는 것.

#
뭐가 보이니?

커피?
하늘?
나무?

난 너의 뒷모습이 보여.

Arles, France

\#

- 오래된 사진과 오래된 자동차의 공통점이 무엇인지 아니?
- 아름다웠던 순간, 빛나던 그 순간을 그리워한다는 거지.

\#

이른 아침 성당 종소리가 길 건너에서 넘어왔어.
빗소리와 함께.

후드득 창에 떨어지는 빗소리.
뚝, 뚝 처마에 고이듯 내리는 빗소리.
쏴 하고 공기 중에 퍼붓는 빗소리.

같은 비인데도 이렇게 음색과 리듬이 달라.

너를 만날 때와 헤어질 때처럼.

Paris, France

\#

당신이 이 세상에 태어나
걸음마를 하던 순간부터
나는 당신과 함께했습니다.

봄의 꽃길
여름 해변
가을 숲과
겨울 눈길을
당신과 함께 걸었습니다.

당신이 사랑을 시작할 때는
나도 같이 사랑을 했습니다.
당신이 술에 취하면
나도 따라 비틀거렸습니다.

신이 나를 당신에게 보낸 것은
스스로를 돌아보게 하기 위해서입니다.
욕망과 허상을 쫓다
등이 굽고 팔다리가 가늘어진

당신의 모습을 일깨워 주기 위함입니다.

당신은 나를 잘 모르지만
나는 당신의 평생을 보았습니다.
언젠가 당신이 세상과 이별하는 날
나도 당신과 이별할 것입니다.

나는 당신의 그림자입니다.

Paris, France

Venice, Italy

Corsica, France

\#

옷이 화려하다고
그림자까지 화려하지는 않아.

옷이 초라하다고
그림자까지 초라하지 않은 것처럼.

Paris, France

\#

제아무리 훌륭한 건축물도
물웅덩이 속에서는 희미한 허상일 뿐.

내 안에도 웅덩이가 있지는 않은지.
욕망에 사로잡혀 허상을 쫓고 있지는 않은지.

#
노년에게 청춘이란
지나간 뒷모습일세.

돌아보지 말게.
나
이미 그대를 잊었다네.

Internationales
DIXIELAND

Prague, Czech

\#
그대,
나의 연주를 들어 주오.

옛날은 가고 없는 것
미래는 아직 그대의 것이 아니라오.

내 영혼을
음악의 잔에 담아
그대에게 바치리니
사양 말고 쭉 들이켜시기를.

처음에는 테킬라 같지만
시간이 지나면 김빠진 맥주라오.
사랑은.

Munich, Germany

차라리 내 음악의 독주에 흠뻑 취해 보시라.
지금 이 순간이 그대의 세상이리니.

\#

－ 당신, 다시 태어나도 나랑 결혼할 거지?
－ 난 다시 태어나지 않을 거야.

Prague, Czech

- 인생이 너무 짧지 않니?
- 결혼이 너무 긴 것은 아닐까?

Prague, Czech

Budapest, Hungary

\#

– 형, 인생이 뭘까?

– 인생은 아이스크림이지.

– 왜?

– 먹지 않으면 금방 녹거든.

Burano, Italy

#
오르한 파묵이 말했지.
빨강은 다른 색깔을 두려워하지 않는다고.
외롭지만 그마저도 의기양양한 불꽃으로 채운다고.
그래서 빨강을 보면 당신의 심장 박동이 빨라질 거라고.

\#

'사-랑'이라고 소리 내 말해 봅니다.

입이 활짝 열렸다가 혀끝이 둥글게 말려 입천장에 닿습니다.

입을 다물고는 사랑을 말할 수 없습니다.

혀가 뻣뻣해서는 사랑을 부를 수 없습니다.

닿지 않고 고백할 수 있는 사랑은 없습니다.

모름지기

사랑은

열리고

둥글어지고

닿아야 하는 일입니다.

당신은 사랑을 어떻게 부르시나요?

Prague, Czech

\#

너와 헤어지고 난 뒤
비가 내렸어.
땅에 눈물이 고였어.
그 위로 네가 보였어.

Paris, France

\#

무심코 길을 가다 돌부리에 걸려 넘어져 본 적 있니?
지독한 감기에 걸려 며칠을 앓아누워 본 적 있니?

너는 그렇게 왔어.
낫고 싶지 않은 상처처럼.
계속 앓고 싶은 감기처럼.

나는 그것을 사랑이라 하지.

Prague, Czech

Corsica, France

\#

지중해 어느 섬에서 너에게 엽서를 썼어.

– 잘 지내니?

펜으로 쓴 첫 글자가 종이에 농염하게 번졌어.
하고 싶은 말이 많았는데
한 줄 쓰고 보니 여백이 너무 많아.

차마 하지 못한 말
전하지 못한 글.

나는 그것을 사랑이라 하지.

Corsica, France

\#

바스티아 해변을 걷다가
두 개의 의자가 놓인 테이블을 보았는데
바다와 등대까지 묶어서
그대로 네게 우편으로 보내고 싶었어.

아름다운 풍경 앞에서 떠오르는 너의 이름.

나는 그것을 사랑이라 하지.

\#

너의 부재를 견디는 것
너를 기다리는 일은 여전히 힘들어.

1분이 100분처럼 느껴질 때
불어오는 바람이 너라고 느껴질 때.

나는 그것을 사랑이라 하지.

Augsburg, Germany

왜 자꾸 돌아보게 될까.
왜 내 눈에는 너만 보일까.

Munich, Germany

\#

죽어도 떨어지기 싫은 적이 있었지.

죽을 만큼 사랑한 적도.
이대로 죽어도 좋다고 생각한 적도.
죽어서도 사랑하자고 한 적도.

그래, 그런 때가 있었지.
그렇게 불같던 시절이 있었지.

Amsterdam, Netherlands

Paris, France

#

무엇이 당신을 슬프게 하나요.

사랑이 변했나요?
사랑이 떠났나요?
사랑을 잃었나요?

그렇군요.
사랑이었군요.
당신이 슬픈 까닭은.

사랑만큼 슬픈 것은 세상에 없군요.

\#

여기서 기다려 줄래?

내가 올 때까지.

Prague, Czech

Corsica, France

\#

문정희 시인은 한계령에서 폭설을 만나
눈부시게 고립되고 싶다고 했지.

너와 내가 예기치 못한 사정이 생겨 발이 묶인다면
여기였으면 좋겠어.

\#

산이 바다를 품은 곳.

태양의 걸음이 더딘 곳.

바다의 숨결이 고른 곳.

네 바퀴보다 두 바퀴가 편한 곳.

마을 한가운데 샘이 있는 곳.

길모퉁이마다 우체통이 있는 곳.

Corsica, France

Corsica, France

\#

계단의 뒤축이 많이 닳은 곳.
볼레*가 낡아서 세게 잡아당겨야 닫히는 곳.
벽면의 돌이 듬성듬성 빠진 곳.
오래된 집과 오래 산 사람들이 모여 사는 곳.

*덧문

#
문도 관절염을 앓는다.
끼익
삐걱
가늘고 긴 신음 소리.

벽도 피부염에 걸린다.
헐고
갈라지고
푸석해지고.

하지만 그들은 아무 말이 없다.

Corsica, France

Arles, France

\#
천천히 걸어.
빨리 걸으면 그늘이 놀라잖아.

Arles, France

\#

아름다운 창문 앞을 지날 때는

말을 걸고 싶어져.

\#

어쩌면 여행은

저 창에서부터 시작되었는지도 몰라.

Corsica, France

\#

과일이 둥근 이유는
저 안에 태양이 들어 있기 때문이 아닐까?

\#

계단을 오를 때 조심해야 할 것들.

- 위에만 쳐다보지 말 것. 발을 헛디뎌 넘어질 수 있으니.
- 언젠가 내려와야 함을 잊지 말 것.
- 고개를 낮추고 주위를 돌아볼 것.
  녹이 슨 난간이 있을지도 모르니.
- 오르는 일은 정상을 보기 위해서가 아니라
  멀리 보기 위함임을 기억할 것.
- 고로 겸허할 것.

Corsica, France

Munich, Germany

\#

이른 아침
누군가 나를 부르는 것 같아
창을 열었더니
초록이 부르는 소리였어.

\#

주황은 어디론가 달아나려는 색이다.
정착하지 못하고 떠도는 색이다.

주황은 매여 있는 것을 싫어한다.
그래서 열정에 갇혀 있지 않고
화려함에 묶여 있지 않다.

Burano, Italy

주황은 자유분방한 색이다.
빨강을 부러워하지 않고
노랑을 넘보지 않는다.
저 혼자 살아가는 색이다.

무엇보다 주황은 정처 없는 색이다.
유랑의 색이다.
그래서 주황색을 보면 어디론가 떠나고 싶어진다.

Burano, Italy

Paris, France

\#

여행은 소리입니다.

비행기가 출발할 때 나는 엔진 소리.
가슴 한 켠에서 쿵쾅대는 심장 소리.
수십만 혹은 수백만 년을 건너온 바람 소리.
예고도 없이 쏟아지는 빗소리.
자박자박 골목길을 걸어가는 발자국 소리.
내 안에서 들려오는 내면의 소리.

Prague, Czech

\#

여행은 향기입니다.

누군가 덮고 잔 이불에서 나는 향기.
삐걱거리는 나무 계단에서 나는 향기.
바람에 실려 오는 비릿한 바다 향기.
숙성된 와인의 진한 포도 향기.

\#

여행은 풍경입니다.

해가 뜨고 지는 풍경.
집들이 머리를 맞대고 모여 있는 풍경.
창문 밖에 빨래가 널려 있는 풍경.
사람들이 거리를 오가고
연인들이 사랑을 나누는 풍경.
여행자의 눈에 비친 이국의 낯선 풍경.

여행에서 돌아올 무렵
나는 다시 떠날 곳을 생각합니다.

여행은 어떤 한 기간이 아니라
지나간 시간을 추억하고
다가올 시간을 기대하는 일이기 때문입니다.

다음 여행지의
소리와 향기, 풍경이 궁금해집니다.

Prague, Czech

10년을 넘게 유럽을 유랑했습니다.

낯설고 두려웠습니다.
하지만 그것이 여행이라고
휴양, 관광과는 다른 특별한 것이 여행이라고 생각했습니다.

여행 중에 많은 이들을 만났습니다.
그들과 함께한 순간들은 지금도 소중한 추억으로 남아 있습니다.

그중에서 가장 기억에 남는 사람은 바로 나 자신이었습니다.
지금껏 알지 못했던 낯선 나를 여행지에서 만났습니다.
세상이 정해 놓은 틀을 벗어난 나를 보았습니다.
내면에서 울리는 나의 소리를 들었습니다.
하고 싶은 일, 가슴 뛰게 하는 일을 찾았습니다.

혼자 떠나는 여행은 나를 발견하는 시간입니다.
오랫동안 잊고 지낸 꿈들을 불러 보는 일입니다.
그 꿈을 조각조각 엮고 나니 비로소 내가 보였습니다.

이 책은 그 평범한 꿈들의 기록입니다.

낯섦

초판 1쇄 인쇄 2017년 6월 22일
초판 1쇄 발행 2017년 6월 29일

지은이 이현숙

펴낸이 박세현
펴낸곳 팬덤북스

기획위원 김정대 · 김종선 · 김옥림
편집 김종훈 · 이선희
디자인 심지유
영업 전창열

주소 (우)03966 서울시 마포구 성산로 144 교홍빌딩 305호
전화 070-8821-4312 | **팩스** 02-6008-4318
이메일 fandombooks@naver.com
블로그 http://blog.naver.com/fandombooks

등록번호 제25100-2010-154호

ISBN 979-11-6169-004-9 03810